AF399645

© 2018 Maria Salo
Kustantaja: BoD – Books on Demand, Helsinki, Suomi
Valmistaja: BoD – Books on Demand, Norderstedt, Saksa
ISBN: 978-952-800-178-2

Etsiväkissa Esmeralda ja kadonneiden kissojen arvoitus

Esipuhe

Tervehdys teille rakkaat lukijat!

Moni teistä varmaan jo tuntee minut, Etsiväkissa Esmeraldan. Jos olette lukeneet ensimmäisen kirjani, muistatte varmaan miten muutin emäntäni Saritan kanssa isosta kaupungista pikkukaupunkiin ja miten minusta tuli etsiväkissa. Varmuuden vuoksi kerron tässä pähkinänkuoressa tärkeimmät tapahtumat: emäntäni Sarita siis pakeni roistoa ja muutti sen vuoksi koko elämänsä. Hän jätti hyvän ja varman työpaikkansa sekä myi yksiönsä isossa kaupungissa. Näillä rahoilla sekä säästöillään hän hankki pikkukaupungista omakotitalon ja pukuvuokraamon nimeltä Odette-Odile. Roisto olikin seurannut Saritaa pikkukaupunkiin. Minä pääsin roiston jäljille ja pidätin hänet yhdessä poliisikoirien Jepen ja Niilon kanssa. Sain sitten myös urhoollisuusmitalin.

Pikkukaupungissa tutustuin myös uusiin kissaystäviin: Mirriin ja Muruun (siskoksia) ja Moss een (edellisten veli). Myös emäntäni Sarita sai uuden tärkeän ystävän, eläinlääkäri Karimin.

Suosittelen lukemaan myös ensimmäisen kirjani Etsiväkissa

Esmeralda jos et ole sitä vielä lukenut. Mutta nyt tiedät kuitenkin tarpeeksi, niin että voit seurata tätä uutta tarinaa.

Asustelen siis Saritan kanssa omakotitalossa, joka on aika iso meille kahdelle. Sarita tekee pitkiä työpäiviä pukuvuokraamossa, jossa on kaksi osaa: Odette, jossa on satoja upeita vuokrattavia hääpukuja sekä Odile, jossa on lukemattomia iltapukuja, tanssiaispukuja ja erilaisia naamiaisasuja vuokrattavana. Saritan liike menestyy hyvin. Hänellä on myös oivalliset apulaiset Jemima ja Pinja, joihin myös tutustuttiin ensimmäisessä kirjassani. Sarita tekee myös paljon paperitöitä kotona, mutta hän on todella innoissaan uudesta työstään.

Onneksi Saritalla on myös vapaa-aikaa. Vapaa-aikaansa hän viettää tietysti leikkien minun kanssani mutta myös tapaillen ystäväänsä Karimia. He käyvät elokuvissa, kävelylenkeillä ja kahviloissa, joten minä olen myös alkanut tapailla uusia kissaystäviäni. Heidän kanssaan kun lähtee liikkeelle, niin seikkailuihin joutumista ei voi välttää.

Ensimmäinen luku –
Puutarhakaupunki

Minä asun Saritan kanssa kauniissa, turvallisessa ja aurinkoisessa kaupunginosassa, jota sanotaan puutarhakaupungiksi, ikään kuin se olisi kaupunki kaupungin sisällä. Aluksi luulin, että koko uusi kotikaupunkini oli tätä puutarhakaupunkia. Silloin en ollut vielä käynyt muualla. Täällä puutarhakaupungissa talot ovat kaikki aika samannäköisiä, vaikkakin eri värisiä. Meidän talomme on valkoinen, mutta täällä on myös keltaisia, punaisia, vihreitä, vaaleansinisiä ja vaaleanpunaisia taloja. Jokaisen talon ympärillä on suunnilleen samankokoinen puutarha. Puutarhat on aidattu selkeästi. Meidän puutarhamme on helppohoitoinen. Siellä kasvaa vain nurmikkoa ja itse itsensä hoitavia pensaita. Naapurin rouvalla on upea puutarha, jossa kasvaa omenapuita, luumupuita, marjapensaita ja ruusuja. Se on kuin paratiisi. Puutarhakaupungin huomattavin katu on nimeltään Puutarhakatu ja siitä lähtee pikkuteitä, jotka on nimetty näin: Herukkapolku, Vadelmapolku, Mesipolku jne. Eikö olekin kauniita ja hyvän tuoksuisia kadunnimiä? Täällä tuntuu olevan aina aurinkoista. Tietysti täälläkin on välillä pilvistä ja sataa ja niin kuuluu ollakin. Tarkoitin, että aurinkoisuus tulee ihmisten ystävällisyydestä, kohteliaisuudesta ja onnellisuudesta. Täällä on todella hyvä asua.

Eläinlääkäri Karim asuu melko lähellä kauniissa vaaleansinisessä talossa. Olen saanut käydä siellä kylässä Saritan kanssa.
Eläinlääkärin talo on mielestäni yksi puutarhakaupungin kauneimmista. Myös sisustus on

todella viihtyisä. Siellä on todella mukavia sohvia ja nojatuoleja, joihin voi käpertyä ja hienoa taidetta seinillä ja hienoja mattoja lattialla. Eläinlääkäri hoitaa ihmisten lemmikkejä vastaanotollaan kaiket päivät, mutta kotonaan hänellä ei ole muita lemmikkejä kuin erittäin hieno ja hyvin hoidettu akvaario. Eläinlääkäri sanoi, että hän ei halua ottaa kotiinsa kissaa tai koiraa, koska se joutuisi olemaan niin paljon yksin. Samaan hengenvetoon hän kuitenkin totesi, että kyllähän kissat kestävät yksinoloa aika hyvin.

Katselin akvaariota. Onneksi minut
oli ruokittu todella hyvin joten
akvaarion kauniit asukkaat
herättivät minussa vain ihailua ja
uteliaisuutta, eivät halua hotkaista
niitä suuhuni. Kalojen kyljet
välkehtivät kauniissa väreissä ja
pyrstöt hulmusivat kuin hunnut
niiden puikkelehtiessa kasvien
lomassa. Akvaarion vesi oli
puhdasta. Pohjalla oli kaunista
soraa ja kivistä oli rakennettu
kaloille piilopaikkoja. Jaksoin
seurata akvaarion elämää kauan ja
herkeämättä. Se nauratti Saritaa ja
Karimia. Minusta tämä oli
mielenkiintoisempaa kuin
useimmat TV-ohjelmat. Mieleeni

muistui myös aika entisessä elämässäni, kun seurasin päivät pitkät autojen ja ihmisten liikkumista kadulla katsellessani sitä kerrostalon viidennen kerroksen ikkunasta. Niistä ajoista elämäni oli laajentunut huimasti, mutta minulla ei ollut aavistustakaan kuinka paljon se vielä laajenisi.

Toinen luku – Varjoisten kujien alue

Eräänä iltana kun Sarita oli lähtenyt jonnekin Karimin kanssa ja minä olin yksin kotona, kolme M:ää (Mirri, Mosse ja Muru) ilmestyivät pihalleni. Menin ulos verannan lasiovesta, joka oli jätetty hiukan raolleen, niin että kissa pääsi siitä juuri ja juuri puikahtamaan ulos ja sisään. "Hei kaverit", sanoin iloisesti, "tosi hauskaa, että tulitte kylään! Minulla olikin aika tylsää täällä yksinäni." "Me ajateltiin, että lähdettäisi vähän kävelylle. Me haluttaisi näyttää sulle sitä paikkaa missä me asutaan", Mosse sanoi. "Ai te asutte jossakin", sanoin ällistyneenä, " minä olin luullut, että te ette varsinaisesti asu missään." "No ei me siinä mielessä asuta, niin kuin sä asut tässä talossa, mutta on meillä oma reviiri", Mosse selitti. "Ahaa", minä sanoin, "mennään sitten katsomaan sitä reviiriä".

Mirri, Mosse ja Muru lähtivät ravaamaan hurjaa vauhtia. Heillä oli tapana liikkua nopeasti. Minä sain tehdä kaikkeni pysyäkseni perässä. "Hei, odottakaa vähän", minä huohotin hengästyneenä, "hidastakaa vähän tahtia". Kolme M:ää pysähtyivät odottamaan ja sitten jatkettiin matkaa rauhallisemmin. Minusta tuntui siltä, että kuljimme tosi pitkän matkan. Tulimme paikkaan, joka ei muistuttanut millään tavoin puutarhakaupunkia, vaan näytti sen vastakohdalta. Oli ilta, joten luonnollisesti oli hämärää, mutta täällä hämärä näytti jollain tavalla kuuluvan asiaan. Ikään kuin hämärä olisi asunut täällä niin kuin päivänpaiste asui puutarhakaupungissa. Kaikki talot täällä olivat kerrostaloja ja talojen väliin jäävät kujat olivat kapeita. Katuvaloja ei ollut paljon. Vaikka hämäränäössäni ei ollut mitään vikaa, en tuntenut oloani yhtä

turvalliseksi kuin
puutarhakaupungissa. Kaikkialle
heittyi pitkiä varjoja ja kun
vaelsimme sisemmälle tähän
kaupunginosaan, alkoi kuulua
myös pelottavia ääniä. Kuului
ihmisten huutoja, riitelyä ja
rähinää, ovia paiskottiin, lasia
särkyi helisten, avunhuutoja,
kiroilua, koirien haukuntaa ja
ulvontaa, lapsen itkua. Minun teki
mieli sanoa kolmelle M:lle, että en
kestä tällaista, haluan kääntyä
takaisin ja mennä mahdollisimman
nopeasti kotiin. Mieluummin
vaikka tuhat tuntia tylsyyttä kuin
yksi tunti tällaista. Kolme M:ää
kuitenkin ravasivat eteenpäin

tyytyväisinä ja tottuneesti ja
tekivät muodostelman: he
ympäröivät minut ja juoksivat niin,
että minä olin keskellä.

-Mikä turkasen hienohelma teillä
on mukana?!

-Tuliko turisti katselemaan
varjoisten kujien elämää?!

-Miksi te sitä mukana raahaatte?!

Tällaisia huutoja alkoi kuulua
ympäriltä ja näin miten rajun
näköisiä kissoja tuli esiin varjoista.
Huudot yltyivät ja muuttuivat
karkeammiksi. Kaikkia sanoja en
edes ymmärtänyt. Ymmärsin että
olemukseni ärsytti varjoisten

kujien kissoja ja se, että kolme M:ää suojelivat minua, ärsytti heitä vielä enemmän. En ollut hyväksi ystävieni imagolle ja se harmitti minua, mutta en voinut sanoa mitään. Nyt piti keskittyä juoksemiseen ja katsoa vain suoraan eteenpäin vaikka kovasti olisi tehnyt mieli katsella minkälaiset katit minua pilkkasivat.

Silmäkulmasta näin todella ison rotan, joka söi jotakin roskiksen vieressä. Pelästyin, mutta kaverini rauhoittelivat: "se on vain roskis-Roope, se on ihan hauska heppu". Tajusin, että täällä pätivät ihan eri säännöt kuin muualla. Kissan kokoinen rotta ei varmaankaan puutarhakaupungissa olisi ollut kaikkien tuttavallisesti tuntema roskis-Roope. Luulenpa, että häntä ei olisi suvaittu siellä. Täällä ihmisillä tuntui olevan niin paljon ongelmia toistensa kanssa, että rotat, kujakatit ja muut eläimet saattoivat olla paljolti omissa oloissaan. Tämä maailma tuntui minusta pelottavalta, mutta alkoi myös kiehtoa minua.

Yhtäkkiä kaverini pysähtyivat ja Mosse sanoi: "nyt mennään tapaamaan kirjailijatätiä". Hyppäsimme sisään raollaan olevasta kellarin ikkunasta.

Kolmas luku – Kirjailijatäti

Kirjailijatäti työskenteli vanhassa mankelihuoneessa, joka oli kellarikerroksessa. Hän oli vuokrannut sen itselleen työhuoneeksi. Tulin iloiseksi heti, kun näin hassun kirjailijatädin ja hänen sotkuisen, mutta viihtyisän työhuoneensa. Huoneen seinät oli maalattu keltaisiksi ja siellä paloi katossa kirkas lamppu, jossa ei ollut varjostinta. Huoneessa tuoksui kahvi. Kahvipannu oli porisemassa. Kirjailijatäti näkyi työskentelevän öisin ja käyvän kahvin voimalla. Kaikkialla oli paperipinoja. Seinän vieressä oli

kapea sänky, joka oli peitetty
virkatulla tilkkupeitteellä.
Huomasin lattialla myös useita
kissanruokakuppeja. Haa! Täti oli
kissojen ystävä!

Täti oli pyöreä. Hän oli pukeutunut
hassun näköiseen työtakkiin jossa
oli paljon erivärisiä taskuja. Hänen
tukkansa oli sekaisin. Se näytti
enemmän variksenpesältä kuin
kampaukselta.

Täti lähestyi meitä ystävällisesti.
Hän tunsi kolme M:ää ilmeisesti
hyvin ja neljän kissan
ilmaantuminen ikkunasta sai
hänen kasvonsa loistamaan ja
silmänsäkin nauramaan.

"Mirri, Mosse ja Muru! Tulkaa syömään ja tuokaa ystävännekin!" Kirjailijatäti alkoi touhukkaasti täyttää lattialla olevia kissanruokakuppeja. Saimme laadukasta märkämuonaa. Hotkimme ruuat silmänräpäyksessä. Nuolimme itseämme ja toisiamme ja menimme kaikki vuorotellen kiehnäämään tädin jalkoja vasten. Kolme M:ää kertoivat minulle, että kirjailijatäti oli kaikkien alueen kissojen ystävä ja monet kissoista selvisivät pitkälti tämän tädin ansiosta. Jäimme viettämään aikaa tädin luokse. Hän pitikin mielellään tauon kirjoittamisessa.

Täti istui sängyllä ja me kaikki neljä kissaa mahduimme hänen syliinsä. Tämä huone tuntui olevan rauhallinen ja turvallinen keidas tällä muuten niin levottomalla ja pelottavalla alueella. Keltaiset seinät, kirkas valo, tädin lämmin ja ystävällinen olemus ja kotoisa kahvin tuoksu muodostivat vastakohdan sille kaikelle, mitä näin ja kuulin tuolla ulkona.

Taisimme viettää tädin luona peräti pari tuntia ja sitten lähdimme jatkamaan matkaa. Sanoin kolmelle M:lle, että Sarita oli varmasti jo tullut kotiin ja oli varmasti huolissaan huomatessaan että minä olin poissa. Nyt taisi olla jo aamuyö. Kolme M:ää saattoivat minut takaisin puutarhakaupunkiin. Huomasin, että puutarhakaupungissa oli tähän aikaan yöstä aivan hiljaista. Kaikki puutarhakaupungin asukkaat olivat kodeissaan nukkumassa. Kiitin ystäviäni mielenkiintoisesta retkestä ja livahdin sisään verannan lasiovesta, joka oli onneksi auki.

Neljäs luku – kutsu

Hiivin sisään mahdollisimman hiljaa. Oletin että Sarita on nukkumassa tai sitten valvoo huolissaan odottaen minua kotiin. Erehdyin. Sarita ei ollutkaan yksin, ei nukkumassa eikä huolissaan. Sarita ja Karim istuivat yhdessä keittiön pöydän ääressä ja tutkivat innoissaan jotakin kirjettä. Aamuyöstä! Molempien posket olivat punaiset. Pöydällä oli korkeajalkaisia laseja, joista oli nautittu juhlajuomia. He eivät edes huomanneet saapumistani.

He puhuivat suuresta kunniasta, huomattavista henkilöistä, juhlahumusta ja jännityksestä. Kuulin sellaisen lauseen kuin "elämä palaa Huvilakaupunkiin". Mietin, mahtaisivatko he kertoa minulle, mistä oli kysymys. Päätin kokeilla. Hyppäsin Saritan syliin ja napautin kutsua tassullani.

Karim otti paperin käteensä että se ei vahingoittuisi. He selittivät minulle, että he olivat saaneet kutsun hienoihin juhliin. Jonkin matkan päässä Puutarhakaupungista oli tämän kaupungin vanhin osa, Huvilakaupunki. Siellä oli isoja, vanhoja, hienoja taloja. Osa niistä oli tyhjillään ja rapistuneita, mutta eivät kaikki. Yhdessä tällaisessa vanhassa talossa asui eräs aatelisherra. Herra omisti kaksi isoa villakoiraa, Ludvigin ja Leopoldin. Koirat olivat hyvin jalosukuisia. Karim oli hoitanut koiria ja varmaankin siksi hän oli päässyt kutsuvieraslistalle. Aatelisherra aikoi järjestää naamiaiset. Kutsu oli avec. Se tarkoitti sitä, että Karim sai ottaa Saritan mukaan. Molemmat olivat innoissaan. Naamiaiset olivat hauska idea. Sinne sai pukeutua erikoisesti. Se tiesi myös sitä, että monet tulisivat hakemaan päällepantavaa Odilesta. Odilessa oli frakkeja, iltapukuja ja naamiaisasuja joka lähtöön. Karim ja Sarita suunnittelivat pukeutuvansa rokokoopukuihin ja laittavansa lisäksi naamiot.

Minulle tuli idea. Voisin olla osa Saritan pukua. Aloin puskea ja kiehnätä aivan erityisellä tavalla. Haluaisin päästä naamiaisiin, nähdä Huvilakaupungin ja tavata Ludvigin ja Leopoldin.

Viides luku – Kuhinaa Odilessa

Olin päässyt Saritan mukaan Odette-Odileen. Saritalla oli nyt niin paljon töitä, että hän ei raaskinut jättää minua yksin kotiin. Odilessa kävi kova kuhina edessä olevien naamiaisten takia. Frakkeja, iltapukuja, tanssiaispukuja, peruukkeja ja naamioita vuokrattiin innokkaasti. Sarita oli laittanut rokokoopuvut piiloon itseään ja Karimia varten. Ne olivat aivan upeat 1700-luvun tyyliset puvut, joihin kuului myös valkoiset peruukit sekä tietysti naamiot.

Liikkeeseen tuli nyt erilaisia asiakkaita kuin ennen. Tavallisesti liikkeessä kävi nuoria ihmisiä vuokraamassa hääpukuja, tanssiaispukuja ja frakkeja sekä naamiaisasuja, mutta nyt tuli paljon vanhempiakin ihmisiä. Sarita tilasi lisää asuja, että kaikille löytyi sopivat ja mieleiset. Kutsutut olivat pikkukaupungin huomattavia henkilöitä sekä sellaisia ihmisiä, joihin aatelisherra oli jostakin syystä tutustunut. Useimmat ihastuivat nähdessään minut ja olivat minulle ystävällisiä. Jos liikkeeseen tuli joku, josta vaistosin, että hän ei pitänyt kissoista, menin vain yksinkertaisesti piiloon siksi aikaa. Kaikki sujui hyvin.

Toivoin, että näkisin pyöreän kirjailijatädin pyörivän sisään Odette-Odileen. Hän varmasti nauttisi naamiaisista. Kirjailijatätiä ei kuitenkaan näkynyt. Ilmeisesti hän eli niin eri maailmassa kuin aatelisherra, että he eivät olleet tavanneet ja tutustuneet. Harmi!

Odette-Odilen takahuoneessa oli pieni keittiön tapainen. Minulle oli järjestetty sinne ruoka- ja vesikupit. Henkilökunnan vessaan oli järjestetty minulle oma wc eli pesuvati jossa oli kissanhiekkaa.

Sarita ja Pinja ottivat asiakkaista mittoja, avasivat saumoja, lyhensivät lahkeita ja hihoja, kuuntelivat toiveita ja tekivät varauksia ja tilauksia. Jemima hoiti Odetten puolta, koska hääpukujakin käytiin katselemassa ja vuokrattiinkin. Naamiaiset eivät sentään olleet kaupungin ainoa tulossa oleva juhla vaan muutakin oli tietysti kaupungissa meneillään.

Kuudes luku – Naamiaiset

Viimein koitti suuri ja odotettu juhlapäivä. Naamiaiset. Sarita oli pukeutunut upeaan rokokoopukuunsa. Hän oli puuteroinut itsensä. Hänellä oli upea peruukki ja tiara. Ja kruununjalokivenä minä, Esmeralda. Olin saanut Saritan vakuuttuneeksi siitä, että minä viimeistelen asun.
Rokokooneidolla oli oltava sylikissa. Minähän olen varsin aatelisen näköinen. Minulla oli vahva tunne, että minun on oltava mukana näissä juhlissa. Tietenkin olen erittäin utelias niin kuin me

kissat kaikki olemme. Mutta tässä oli jotain muutakin. Tiesin, että minun on tärkeää olla paikalla.

Menimme Karimin autolla. Karim näytti komealta rokokoopuvussaan. Hänelläkin oli valkoinen peruukki mutta puuteria hän ei ollut laittanut. Naamion hän kuitenkin otti mukaan niin kuin Saritakin. Minun mukaan ottamiseni herätti keskustelua, mutta Karim suostui onneksi, vaikka häntä asia selvästi huolestutti. "Esmeralda osaa käyttäytyä", Sarita vakuutti.

Tulimme Huvilakaupunkiin. Taas näin jotakin aivan erilaista. Täällä puutalot olivat suuria, vanhoja ja

koristeellisia. Tunnelma oli aivan erilainen kuin Puutarhakaupungissa. Täällä oli jollakin tavalla hiukan pelottavaa, koska jotkut taloista olivat tyhjillään ja hylättyjä ja rapistuneita. Jotkut taloista olivat kunnostettuja ja erittäin hienoja. Tällainen oli aatelisherran talo. Se oli kunnostettu, maalattu ja komea talo. Puutarhassa oli hienoja, kutsuvasti loistavia lyhtyjä ja erittäin kauniita, suuria, vanhoja puita. Puutarhat olivat suurempia ja villimpiä kuin Puutarhakaupungissa.
Aatelisherran pihaan johtavan tien varrelle oli jo pysäköity paljon

autoja, mutta Karim löysi hyvän paikan ja astuimme ulos autosta. Nyt minua alkoi tosissaan jännittää. Entä jos aatelisherra ei pitäisikään minusta? Silloinhan pilaisin myös Saritan ja Karimin juhlat ja maineen. Mutta nyt oli myöhäistä paeta. Kyyhötin Saritan käsivarrella ja yritin näyttää valkoiselta turkismuhvilta.

Aatelisherra seisoi portailla kutsumassa vieraitaan sisään. Hän oli pitkä ja suoraryhtinen herrasmies, jolla oli erittäin kuuluva ääni. Hän oli pukeutunut barokkiasuun, johon kuului muhkea peruukki. Peruukki oli pitkä, paksu, musta ja kihara.

Herra näytti vaikuttavalta. Naamiota hänellä ei ollut, joten näin hänen kasvonsa. Hänellä oli kirkkaan siniset silmät, kotkan nokkaa muistuttava komea nenä ja punaiset posket. Hänellä oli ryppyjä ja siitä tiesin, että hän ei ollut kovin nuori, mutta muusta olemuksesta sitä ei olisi arvannut. Hän katsoi minua tutkivasti.

Karim esitteli itsensä ja Saritan ja sanoi sitten: ”Toivottavasti ei haittaa, että otimme kissan mukaan. Sarita sanoi, että se on osa hänen asuaan.”

”Esmeralda osaa kyllä käyttäytyä”, Sarita vakuutti jotenkin anteeksi pyytävällä äänellä. Aatelisherra

nauraa hohotti. ”Kaunis kissa ja
sopii hyvin pukuunne, olette
oikein viehättäviä”, hän sanoi
ystävällisesti Saritalle. Sarita niiasi
vaistomaisesti. Aatelisherrassa oli
jotakin hyvin kunnioitusta
herättävää.

Menimme sisälle. Asunto oli upea.
Katto oli hyvin korkealla.
Huonekalut ja kristallikruunut
olivat vanhoja ja hienoja, samoin
taulut. Sisällä oli jo paljon ihmisiä.
Pitopalvelun väki tarjoili juomia ja
suolapaloja. Aatelisherra esitteli
ihmisiä toisilleen. Kaikki tuntuivat
olevan innoissaan. Sarita selitti
kaikille, että minä kuuluin
rokokoopukuun. Se oli useimpien

mielestä hauskaa. Huoneen toiselta puolelta riensi hento, vanha nainen suoraan kohti minua. "Voi, kuinka ihana kissa!", hän huudahti. Naisella oli harmaa tukka ja mustan ja violetin sävyinen pitkä puku, pitkät käsineet ja hattu. Nainen rapsutteli minua tavalla, josta tiesin hänet tosi kissaihmiseksi. Rapsutellessaan minua hän kertoi samalla itsestään. Kävi ilmi, että hän oli aatelisherran naapuri, neiti-ihminen nimeltään Celine (hän kertoi myös hienon sukunimensä, mutta sitä en nyt muista). Hän asui talossa, jossa oli asunut koko ikänsä. Hän oli yksi

pikkukaupungin alkuperäisiä
asukkaita. Hän oli asunut samassa
talossa syntymästään saakka.
Ensin vanhempiensa ja
sisarustensa kanssa ja
myöhemmin vanhempiensa
kuoltua ja sisarustensa muutettua
pois, hän oli asunut yksinään. Tai
ei aivan yksinään, sillä hänellä oli
aina ollut kissoja. Hän kertoi, että
hänellä on tällä hetkellä kaksi
sininaamioista siamilaiskissaa,
joiden nimet ovat Sini ja Kosini.
Tämä kaikki oli minusta valtavan
mielenkiintoista. Celine esitti
Saritalle kutsun tulla joskus
kyläilemään ja ottaa minut
mukaan. Sarita vastasi tulevansa

mielellään. Sarita oli hyvin varustautunut, sillä hänellä oli käyntikortteja rokokoopussukassaan ja hän antoi sieltä yhden Celinelle. Samalla hän kertoi miten oli muuttanut pikkukaupunkiin ja ostanut pukuvuokraamo Odette-Odilen. Saritasta ja Celinestä tuli heti ystävät.

Aatelisherra kilisytti lasin reunaa lusikalla. Puheensorina vaikeni. Aatelisherra piti tervetulopuheen. Hän toivoi, että kaikki vieraat löytäisivät uusia ystäviä. Hän puhui hiukan pikkukaupungin historiasta ja totesi, että vanhoja aikoja ei saa takaisin, mutta nykyisistä ajoista piti yrittää tehdä yhteisvoimin mahdollisimman hyviä. "Jos jotakin pahaa tapahtuisi kaupungissamme, niin meidän kunnon kansalaisten tulee pitää yhtä ja taistella pahuutta vastaan", hän lopetti puheensa. Puhe sai raikuvat aplodit. Juhlan isäntä kutsui sitten vieraat pitkän pöydän ääreen hienolle illalliselle. Hän sanoi Saritalle, että minut voisi viedä illallisen ajaksi yläkertaan, missä myös Ludvig ja Leopold olivat.

Nousimme isännän ja Saritan kanssa portaita ylös. Portaiden viereisellä seinällä oli upeita muotokuvia sekä isännän että koirien esi-isistä. Jotkut muotokuvat olivat barokin ajalta. Niissä esi-isillä oli sellaiset mustat peruukit kuin isännällä oli tänään. Jotkut muotokuvat taas olivat rokokooajalta. Niissä esi-isillä oli valkoiset peruukit.

Seitsemäs luku – Ludvig ja Leopold

Tulimme yläkertaan. Vihdoinkin sain tavata isovillakoirat Ludvigin ja Leopoldin. He olivat upeita ja vaikuttavia. Ludvig oli puhtaan valkoinen ja hänen turkkinsa oli trimmattu niin sanottuun leijonan leikkaukseen. Hän muistutti aivan rokokooherraa. Leopold oli musta ja hänen turkkinsa oli leikattu samalla tavalla kuin Ludvigin. Musta Leopold näytti leijonan leikkauksessaan aivan barokkiherralta. Olin nähnyt heidän esi-isiensä kuvia seinällä. Koirien käytös oli yhtä hienostunutta kuin heidän ulkonäkönsäkin. Heitä ei näyttänyt lainkaan häiritsevän se, että minä olin kissa. Keskustelimme aivan luontevasti. Kerroin, että olin tullut Karimin ja Saritan kanssa ja se nosti osakkeitani selvästi, sillä he arvostivat suuresti Karimia joka oli heidän lääkärinsä.

Aivan ohimennen Ludvig ja Leopold esittelivät palkintokaappinsa. Se oli täynnä pokaaleja ja ruusukkeita joita he olivat voittaneet koiranäyttelyissä sekä kotimaassa että ulkomailla.

Asetuimme mukavasti ja aloimme keskustella. Koirat kertoivat että heidän isäntänsä nimi on August. Isäntä oli saattanut sen sanoakin, mutta jännitykseltäni en ollut kuullut sitä. August ja Celine olivat ainoat jäljellä olevat alkuperäiset asukkaat Huvilakaupungissa. Monet olivat muuttaneet pois, koska suurten vanhojen talojen ylläpito oli kallista. Jotkut vanhat asukkaat olivat kuolleet. Joihinkin taloihin oli muuttanut uusia perheitä, mutta monet talot olivat kokonaan tyhjillään tai asuttuja vain kesäisin. Augustin ja Celinen talojen väliin jäi yksi tyhjä talo. Koirat kertoivat Augustin ja Celinen epäilevän, että siinä talossa majaili epäilyttävää porukkaa ja tapahtui pahoja asioita. He olivat pyytäneet poliisia tutkimaan asiaa, mutta jostakin syystä poliisi ei ollut suostunut tutkimaan asiaa tai luuli jopa ehkä Augustin ja Celinen vain kuvittelevan koko asian.

Uteliaisuuteni heräsi heti. Koska olen etsiväkissa Esmeralda, on velvollisuuteni selvittää asia. Olen tietenkin myös luonnostani utelias, koska olen kissa. Sanoin koirille, että voisin tutkia asiaa. Koirat varoittivat, että se voi olla vaarallista. Kerroin, että olen päihittänyt vaarallisen roiston. Kerroin heille koko seikkailun, josta olen kertonut ensimmäisessä kirjassani. Tietysti muistin mainita myös urhoollisuusmitalin. Se teki selvästi vaikutuksen.

Aika kului kuin siivillä Ludvigin ja Leopoldin seurassa. Oli jo myöhä ilta, kun minut haettiin yläkerrasta. Tyytyväiset vieraat olivat saaneet paljon hyvää ruokaa ja juomaa ja jälkiruokia. Puheita oli pidetty. Oli laulettu ja naurettu.

Oli puhuttu myös vakavia asioita, mutta päällimmäiseksi kaikille jäi hyvä mieli. Paljon uusia ystävyyssuhteita oli syntynyt. Augustin juhlat onnistuivat yli odotusten.

Kun suurin osa vieraista oli lähtenyt, August kutsui Ludvigia ja Leopoldia. Ne juoksivat alakertaan. August laittoi niille ruokaa kuppeihin. "Onkohan Esmeraldalla nälkä? Saisiko sille antaa hiukan kermaa?", August kysyi. "Kyllä kiitos", Sarita sanoi. Minulle laitettiin kermaa pienelle teevadille ja nuolin sen siitä tyytyväisenä. Sitten nuolin turkkiani tyytyväisyyden merkiksi.

Sarita ja August kättelivät vielä oikein pitkään ja hyvästelivät lämpimästi ja sitten minut nostettiin syliin ja vietiin autoon. Istuin Saritan sylissä autossa kun Karim ajoi. Karim ja Sarita ylistivät kilpaa upeita juhlia, loistavaa isäntää ja mukavia vieraita. Olin heidän kanssaan samaa mieltä. Uskoin, että tästä oli kehittymässä uusi seikkailu. Katsoin tarkasti ulos ikkunasta. Näin pimeän ja ränsistyneen talon. "Tuon täytyy olla se autiotalo", ajattelin mielessäni. Sitä täytyy joskus tulla tutkimaan.

Kahdeksas luku – Huhuja

Tuntuu mukavalta olla taas
kotona. Pikkukaupunki ei olekaan
ihan niin pieni kuin ensin luulin.
Täällä on monta erilaista paikkaa.
On kauppakeskus eli ostari, jossa
sijaitsevat kaupat ja palvelut. Siellä
on myös Saritan pukuvuokraamo,
Odette-Odile. Sitten on tämä
ihana Puutarhakaupunki, jossa
asun Saritan kanssa. Täällä on
hyvä asua. Täällä asuu vain
kunnon väkeä. Niin kaikki ainakin
uskovat ja niin sen täytyy olla,
koska kaikki tuntevat täällä
toisensa. (No onhan täällä
pelottava Rautakynsi, mutta hän ei

ole mikään varsinainen asukas vaan pikemminkin tunkeilija. En kyllä tiedä omistaako joku ihminen Rautakynnen.) Sitten on Varjoisten kujien kaupunginosa. Se on varsin ahdistava ja hirveä kaupunginosa, mutta siellä kuitenkin asuu ihana Kirjailijatäti ja parhaat kissaystäväni Mirri, Mosse ja Muru asuvat siellä. Siellä suvaitaan Roskis-Roopea vaikka hän on rotta. Jossainhan hänenkin täytyy asua. Sitten on Huvilakaupunki, joka on samalla hieno ja kaunis, mutta kuitenkin samalla pelottava. Hieno ja kaunis, koska siellä asuu kelpo August kauniissa talossaan kauniin puutarhansa keskellä upeiden koiriensa kanssa ja herttainen Celine kissoineen. Mutta pelottava, koska siellä on autiotaloja, joihin voi pesiytyä epäilyttävää porukkaa.

Ei siis ole olemassa kokonaan hyvää tai kokonaan pahaa paikkaa maan päällä. Mutta kaikista paikoista mieluiten asun Puutarhakaupungissa. Täällä on turvallista ja selkeää. Ei ole salaisuuksia.

Olin näissä mietteissäni kun kuulin verannan ovelta raapimista. Menin katsomaan. Siellä olivat tietenkin Mirri, Mosse ja Muru. Kutsuin heidät sisään. Kysyin, onko heillä nälkä. Tietenkin heillä oli

nälkä. Ohjasin heidät
kuivamuonakupilleni. Olin itse
ahminut vatsani täyteen
märkämuonaa. Kolme M:ää söivät
pienet vatsansa täyteen
kuivamuonaa ja joivat sitten
vesikupistani vettä päälle. Sitten
he nuolivat toistensa turkkia ja
rentoutuivat selvästi. Asetuimme
lepäilemään. Sitten Mosse madalsi
ääntään ja kysyi: "Oletko kuullut
huhuja?" "Mitä ihmeen huhuja?",
minä kysyin. "Kadonneista
kissoista", Mosse vastasi, "ne ovat
kaikki mustia". Jostakin syystä
minua värisytti. Katsoin ystävääni
Mossea. Hän oli aivan musta
lukuun ottamatta valkoisia

nilkkasukkia ja valkoista pisaraa kuonon päässä. "Mistä on kysymys?", minä kysyin. Tunsin kylmiä väristyksiä. "Kukaan ei tiedä minne ne ovat joutuneet", Mosse vastasi. "Isoja ja pieniä, kulkukissoja ja ihmisten omistamia kissoja. Ajattelimme kysyä, voisitko sinä auttaa. Sinähän olet etsiväkissa."

Tunsin suunnatonta pienuutta tehtävän edessä mutta samalla suunnatonta ylpeyttä siitä, että minuun turvauduttiin näin suuressa ja vakavassa asiassa.

"Tietenkin minä autan", minä vastasin, "se on minun velvollisuuteni etsiväkissana."

Minulla ei ollut aavistustakaan mitä pitäisi tehdä mutta rupesin heti miettimään ankarasti.

"Tavataanko huomenna tähän aikaan kirjailijatädin luona?", Mosse kysyi. "Voit sitten kertoa mitä olet saanut selville?" Nyökkäsin hämilläni. Vuorokausi aikaa! Ennen kuin ehdin sanoa mitään, etuovelta kuului kolinaa ja kolme M:ää livahtivat jonossa ulos sivuovesta eli verannan ovesta.

Sarita tuli kotiin. Hän ei edes riisunut takkia eikä kenkiä vaan marssi suoraan minun luokseni ja koppasi minut syliin. "Esmeralda, nyt lähdetään heti Celinen luokse kylään. Hän soitti ja kutsui minut kahville. Saat tavata Sinin ja Kosinin."

Saritalla oli pieni auto. Hän osasi ajaa autoa, mutta tykkäsi enemmän siitä kun joku toinen ajoi. Täällä pikkukaupungissa hän oli tullut rohkeammaksi ajamaan. Täällä ei ollut niin paljon liikennettä kuin isossa kaupungissa. Tosin täällä pääsi kävellenkin moneen paikkaan ja Sarita tykkäsi istua myös Karimin auton kyydissä. Mutta nyt Karim oli töissä ja tämä Celinen kutsu koski vain Saritaa ja minua. Sarita laittoi minut varmuuden vuoksi kantokoppaan, etten innoissani häiritsisi hänen ajamistaan. Ei mennyt kauan kun olimme perillä. Celine oli ovella vastassa. Hän näytti nyt hiukan erilaiselta kuin naamiaisissa. Pidin tästä arki-Celinestä vielä enemmän. Hän oli laittanut paksun harmaan tukkansa nutturalle ja hänellä oli yllään kotitakki, pikkukukallinen esiliina ja tohvelit. Naiset halasivat toisiaan lämpimästi. Astuimme sisään. Meitä tervehti herkullinen kanelin tuoksu. Celine oli leiponut korvapuusteja. Sarita riisui takkinsa ja kenkänsä ja sai Celineltä virkatut tossut jalkoihinsa.

Naisten juodessa kahvia ja mutustellessa korvapuusteja, minä

sain kunnian tutustua Siniin ja
Kosiniin.

Yhdeksäs luku – Sini ja Kosini

Olen aina pitänyt siamilaisia
kissoja täydellisyyden
ilmentyminä. Sini ja Kosini eivät
tuottaneet pettymystä. He olivat
upeita. He olivat myös mukavia.
Puhuimme ensin niitä näitä. Minä
kerroin Puutarhakaupungista ja
kysyin viihtyvätkö Sini ja Kosini
Huvilakaupungissa. He kertoivat,
että he viihtyivät, koska se oli
heidän kotinsa. He kertoivat
suuren talon ja ison puutarhan

monista mainioista piilopaikoista. Etenkin kesällä puutarha tarjosi paljonkin tutkittavaa, haisteltavaa ja maisteltavaa. Sitten kysyin varovasti autiotalosta. Oliko se heidän mielestään epäilyttävä? Sini ja Kosini katsoivat ensin toisiinsa ja sitten minuun. He kertoivat, että olivat ennen tutkineet sitä paljonkin. Nyttemmin he eivät enää sinne menneet. ”Siellä on jotakin pahaa. Sen vain vaistoaa. Nykyisin pysyttelemme mieluummin sisällä tai ainakin lähellä kotia”, he sanoivat. ”Entä jos minä lähtisin tutkimaan sitä?”, minä kysyin. ”Älä tee sitä!”, Sini ja Kosini sanoivat kauhuissaan, "sinulle voi käydä huonosti." Silloin kerroin heille kadonneista kissoista. Kerroin, että olin luvannut ystävilleni, että selvitän asiaa ja olin saanut vuorokauden aikaa saada jotakin selville.

"Sitten meidän on käytävä siellä nyt", siamilaiset sanoivat. "Mennään juoksujalkaa ja tullaan heti saman tien takaisin."

Sini ja Kosini ryntäsivät ulos ja minä heidän perässään. Sini ja Kosini olivat vielä nopeampia kuin kolme M:ää, mutta onneksi eivät aivan yhtä kestäviä. Jonkin ajan päästä heidän oli pakko hidastaa juoksuaan ja silloin minä sain heidät kiinni. Tulimme pelottavan talon luokse. Sini ja Kosini näyttivät minulle kalterit, joiden välistä pääsi livahtamaan kellariin. Puikahdimme ruosteisten kaltereiden välistä sisään kellariin ja Sini kävi napsauttamassa sähkövalon päälle. Paikka oli heille tuttu siltä ajalta, kun se oli vielä ollut turvallinen. Kirkas valo paljasti kauheuksia. Kellarin lattiaan oli piirretty ympyrä ja sen keskellä oli poltettu jotakin. Kellarin takaosassa näkyi häkkejä ja niihin oli lukittu mustia kissoja, jotka naukuivat surkeasti. Yksi kissoista oli pieni pentu. Minä, Sini ja Kosini henkäisimme kauhuissamme. "Tuolla ne ovat! Miten ne saadaan pelastettua? Meidän on saatava kerrottua joillekin ihmisille tästä." Vaikka meitä pelotti suunnattomasti, lähestyimme kuitenkin häkkejä ja menimme kysymään kissoilta, mikä niiden tilanne oli. "Pahat, tosi pahat ihmiset aikovat kerätä tänne mahdollisimman monta mustaa kissaa. Ne aikovat uhrata meidät kaikki ensi perjantaina. Ne luulevat saavansa siitä jotain voimaa." "Hyi, kuinka inhottavaa!", me sanoimme, "mutta älkää pelätkö, me pelastamme teidät!". Kuulimme kolinaa joten lähdimme

juoksemaan ja valokin jäi
palamaan kun hyppäsimme
kaltereiden välistä ulos ja
juoksimme henkemme edestä
Celinen talolle.

Celine ja Sarita juttelivat ja Celine
kertoi innoissaan vanhoista ajoista
niin että naiset eivät luultavasti
olleet edes huomanneet, että me
kissat olimme välillä poissa.

Kiittelin Siniä ja Kosinia.
Tutkimukseni olivat edenneet ja
minulla oli nyt kolmelle M:lle
kerrottavaa huomiseksi.

Lähdimme kotimatkalle Saritan
kanssa. Kotona Sarita uppoutui
töihinsä ja kävi aikaisin

nukkumaan. Minä vietin unettoman yön.

Kymmenes luku – Mosse on kadonnut

Menin Kirjailijatädin työhuoneelle tarkasti sovittuun aikaan. Olimme käyneet Kirjailijatädin luona joitakin kertoja kolmen M:n kanssa, joten olin oppinut reitin. Matka ei tuntunut enää niin kauhean pitkältä nyt kun reitti oli tuttu. Nyt oli vasta iltapäivä eikä ollut vielä ehtinyt tulla edes hämärä, joten minulle ei huudeltu mitään. Ehkä huutelijat elivät öisin

ja vetivät vielä sikeitä koloissaan
tai sitten minuun oli jo totuttu
Varjoisten kujien alueellakin.
Täsmälleen sovittuun aikaan
hyppäsin sisään raollaan olevasta
ikkunasta Kirjailijatädin keltaiseen
mankelihuonetyöhuoneeseen.

Näin Kirjailijatädin, Mirrin, Murun
ja minulle ennestään
tuntemattoman keltaraidallisen
kissan, mutta en nähnyt Mossea.
Missä oli Mosse?

Mirri ja Muru itkivät.
Keltaraidallisen kissan viikset
värisivät. Sain kuulla, että
aamuyöllä Mosse oli kadonnut.
Olin aivan järkyttynyt.

"Tämä on hirveää", minä sanoin, "mutta lohdutan teitä sillä, että tiedän missä kadonneet kissat ovat." Sitten kerroin heille koko tarinan. Nyt oli tiistai. Meillä olisi muutama päivä aikaa pelastaa kissat ennen perjantaita. Nyt tarvittiin viisautta, suunnitelmallisuutta, rohkeutta ja uskoa.

Kirjailijatäti ymmärsi ällistyksekseni hyvin kissojen kieltä. Hän oli myös kuullut muilta ihmisiltä kadonneista mustista kissoista. Moni oli käynyt puhumassa poliisille, mutta poliisi oli pitänyt asiaa vähäpätöisenä ja kuvitellut kissojen lähteneen

muuten vain omille teilleen ja
palaavan sitten aikanaan kotiin.
Mietittiin miten poliisi saataisi
tarttumaan toimeen. Keksittiin
mielenosoitus. Kirjailijatäti keräisi
paljon ihmisiä valmistelemaan
mielenosoitusta. Lupaa ei ollut
aikaa pyytää. Oli kirjoitettava
kylttejä. Kylteissä vaadittaisi
kyseisen autiotalon tutkimista
perin pohjin. Kyltteihin maalattaisi
liikuttavia kuvia mustasta
pentukissasta kaltereiden takana.
Keksittiin pyytää
mielenosoitukseen ihmisiä kaikista
kaupunginosista, mistä vain
saataisiin.

Yhdestoista luku – Mielenosoitus

On ihme, että ihmiset, kissat ja koirat saatiin toimimaan niin nopeasti ja järjestelmällisesti ja puhaltamaan yhteen hiileen, mutta niin tapahtui. Koska Kirjailijatäti oli viettänyt kissojen kanssa jopa enemmän aikaa kuin ihmisten kanssa, hän oli oppinut kissojen kielen todella hyvin. Siksi hänelle oli helppo selittää asioita. Kerroin hänelle, että Augustiin ja Celineen kannattaisi ottaa yhteyttä, koska he ja heidän lemmikkinsä olivat perillä autiotalon ongelmasta. Kerroin myös, että Saritaan ja Karimiin

kannattaisi ottaa yhteyttä, koska
he lähtisivät taatusti mukaan.
Sarita ja Karim tiesivät, että olin
aiemminkin päässyt roiston jäljille.
Mirri ja Muru ja keltaraitainen
kissa kertoivat, keihin kaikkiin
Varjoisten kujien alueella kannatti
ottaa yhteyttä.

Koko tiistai-illan ja
keskiviikkopäivän Kirjailijatäti kävi
puhumassa edellä mainituille
ihmisille, jotka taas kukin haalivat
lisää porukkaa mukaan. Päätettiin
muodostaa joukko-osastoja
kaupunginosien mukaan ja kaikki
saapuisivat sitten samaan aikaan
poliisiaseman eteen kyltteineen,
kissoineen ja koirineen. Mustien

kissojen vapautusoperaatiosta tuli koko kaupungin yhteinen hanke.

Torstaiaamuna poliisiaseman edessä oli suuri mielenosoitus jossa oli satoja mielenosoittajia. Monet olivat tulleet työpäivästä tai koulupäivästä välittämättä, koska tämä oli hätätilanne ja asialla oli tulipalokiire. Paikalla oli kokonaisia koululuokkia opettajineen. Puutarhakaupungin osastoa johtivat Karim ja Sarita. Huvilakaupungin osastoa johtivat August ja Celine. Suurin oli Varjoisten kujien alueen osasto, josta suurin osa kissoista oli kadonnut. Sitä johti Kirjailijatäti. Paikalla oli ihmisiä, kissoja ja koiria. August oli saanut jopa kaupunginjohtajan mukaan mielenosoitukseen.

”Pahuus ulos kaupungistamme!” Ihmiset huusivat ja heiluttivat kylttejä.

Poliisit katsoivat ulos ikkunasta. He näkivät että kaupunginjohtajakin oli paikalla, joten he eivät uskaltaneet lähteä hajottamaan mielenosoitusta, vaikka sille ei oltu haettu lupaa. He tulivat ulos kyselemään mistä oli kysymys. Silloin he saivat kuulla, että kymmeniä mustia kissoja oli vangittuna autiotalon kellarissa ja ne aiottiin uhrata huomenna. Poliisin oli pakko toimia.

Lopulta poliisi ryhtyikin toimeen nopeasti ja tehokkaasti. Paikalle haettiin vaikeiden tilanteiden erikoisosaajat: poliisikoirat Jeppe Jepulis ja Niilo Nipottaja ihmisineen. Ilahduin valtavasti, kun tapasin nämä sankarit, jotka olivat minulle entuudestaan tuttuja. Mukaan piti ottaa iso poliisiauto, n.s. Musta Maija, jolla kissat kuljetettaisi turvaan. Lähdimme liikkeelle valtavana saattueena. Etunenässä marssivat August, Ludvig ja Leopold. Heidän takanaan Celine, Sini ja Kosini. He johdattivat joukkoa. Vaikka matka oli pitkä, päätimme marssia jalkaisin, jotta syylliset eivät huomaisi tuloamme liian aikaisin. Joukko-osastot marssivat hiljaisina ja vakavina, rivit tiiviinä. Ketään ei saanut jättää jälkeen. Poliisit ja poliisikoirat etenivät joukon sivuilla turvaten joukkoa. Kaikki koirat ymmärsivät olla haukkumatta ja kissat naukumatta tässä vaiheessa. Emme saaneet herättää huomiota. Viimeisenä jonkin matkan päässä ajoi poliisiauto kävelyvauhtia.

Kahdestoista luku – Vapautus

Kun saavuimme autiotalon luokse, minä, Sini ja Kosini hyppäsimme heti kaltereiden välistä sisään kellariin. Sini kävi napsauttamassa kirkkaan valon päälle. Menimme häkkien luokse. "Me olemme tulleet vapauttamaan teidät!", kuiskasimme vangituille kissoille, "olkaa aivan hiljaa ja noudattakaa ohjeita, niin kaikki menee hyvin.

Poliisi sahasi kalterit poikki rautasahalla. Jeppe ja Niilo ihmisineen mahtuivat sutjakkaasti sisään kellarin luukusta. Poliisilla oli myös keinot murtaa häkkien salvat rikki. Ihmiset muodostivat ketjun. Niilon isäntä ojensi yhden kissan kerrallaan Jepen isännälle, joka puolestaan ojensi sen ulos kellarin luukusta ulkopuolella olevalle ihmiselle, joka puolestaan ojensi sen poliisille, joka laittoi sen turvaan Mustaan Maijaan. Tätä jatkui melko kauan, koska kissoja oli paljon. Koko tämän operaation ajan Jeppe ja Niilo tarkkailivat, ettei kukaan syyllisistä pääsisi huomaamattomasti tulemaan paikalle. Ilma oli niin tiheänä jännityksestä, että sitä olisi voinut leikata veitsellä. Lopulta kaikki kissat olivat turvassa. Kaikki muut vapautetut kissat laitettiin Mustan

Maijan takaosaan turvaan, mutta pieni pentukissa pääsi poliisiauton etupenkille istumaan. Kun kaikki kissat oli saatu turvaan, koko väkijoukko päästi valtavan helpotuksen huokauksen. Jotkut alkoivat huutaa hurraa-huutoja, mutta Jepen ja Niilon isäntä käskivät joukon olla vielä hiljaa.

"Meidän täytyy varmistaa, että operaatio sujuu hyvin ja turvallisesti loppuun asti", he sanoivat. "Juhlan aika on sitten, kun syylliset on saatu kiinni. Me jäämme Jepen ja Niilon kanssa tänne vartioimaan niin pitkäksi aikaa, että ne kelmit tulevat paikalle ja saamme heidät

pidätettyä. Maija voi lähteä jo
viemään kissoja poliisiasemalle.
Sieltä saa sitten jokainen hakea
kadonneen kissansa kotiin.
Pyydämme väkijoukkoa
hajaantumaan. Kiitämme kaikkia
kaupunkilaisia esimerkillisestä
toiminnasta. Ilman tätä
kansanliikettä tämä rikos olisi
jäänyt selvittämättä."

Iloinen ja helpottunut väkijoukko
lähti kulkemaan mustan Maijan
jäljessä pois rikospaikalta. Jepen ja
Niilon isäntä pyysivät Maijan
kuskia lähettämään paikalle
varmuuden vuoksi apujoukkoja.
Minä, August, Leopold, Ludvig,

Celine, Sini ja Kosini jäimme vielä paikalle. Halusimme nähdä roistot. Poliisi ei kieltänyt meitä jäämästä. Kiitimme Kirjailijatätiä mielenosoituksen organisoimisesta. August ja Celine sanoivat, että he eivät voi kylliksi ilmaista kiitollisuuttaan. "Pääasia, että kissat ovat turvassa", Kirjailijatäti sanoi ja lähti kotiin nukkumaan, sillä hän oli hyvin väsynyt.

Kolmastoista luku – Valo karkottaa pimeyden

Odotus oli pitkä. Poliisi kehotti meitä lähtemään kotiin, mutta kieltäydyimme. "Haluamme nähdä, ketä olemme pelänneet. Kuka on pilannut hienon asuinalueemme ja häpäissyt sen", Celine sanoi. Siihen ei ollut vastaan sanomista.

Sarita ja Karim olivat lähteneet pääjoukon mukana ja menneet ilmeisesti molemmat töihinsä. Ihmettelin kyllä oliko Sarita tullut aivan hajamieliseksi unohtaessaan minut vai ajatteliko hän, että olin joka tapauksessa turvassa poliisin seurassa.

Lopulta illan hämärtyessä avautui nariseva ovi ja kellariin astui joukko mustiin pukeutuneita, kalpeita ja outoja ihmisiä. He yllättyivät täydellisesti, kun heitä vastassa oli poliisimiehiä, poliisikoiria, kaksi eläkeläistä, kaksi isovillakoiraa ja kolme kissaa. Kirkas valo paloi kellarin katossa. Kellarin kalterit oli sahattu pois, häkit murrettu ja kaikki vangitut mustat kissat vapautettu.

"Olette pidätettyjä", Jepen isäntä sanoi ja luetteli heille heidän rikoksensa, "teidän on turha yrittää paeta."

Yksi mies, joka oli ilmeisesti joukon johtaja, teki jonkinlaisen aggressiivisen liikkeen kohti poliisia, mutta Jeppe ja Niilo paljastivat heti hampaansa ja alkoivat murista uhkaavasti ja lähestyä miestä. Jeppe ja Niilo osasivat halutessaan näyttää susilta. Mies hämmentyi juuri sopivasti ja sai käsiraudat ranteisiinsa. Yksi nainen kiroili ja sähisi, mikä oli mielestäni todella omituista käytöstä ihmiseltä, mutta hänet saatiin pidätettyä yhtä helposti kuin mieskin. Loput kelmit osoittautuivat nuoriksi tytöiksi ja pojiksi, jotka antautuivat vapaaehtoisesti ja näyttivät helpottuneilta jäädessään kiinni. Vaikutti siltä että he olivat olleet myös jossakin mielessä vankeja. Yksi tytöistä alkoi itkeä ja sanoi: "onneksi ne kissat pelastuivat".

Joukon toimintaa selviteltiin poliisiasemalla. Vain täysi-ikäiset joukon johtajat, mies ja nainen, saivat rangaistukset. He olivat täysin noloja. Heidän toimintansa näytti naurettavalta kirkkaassa valossa ja he tajusivat sen itsekin. Valo oli karkottanut pimeyden. Nuoret olivat olleet mukana aluksi jännityksen vuoksi. Siinä vaiheessa, kun heille selvisi, että touhu oli oikeasti pahaa, he eivät päässeet enää irti mutta nyt he olivat vapaita. He saivat pyytää julkisesti anteeksi niiltä, joille olivat aiheuttaneet pelkoa ja pahaa mieltä.

Kaikki kissanomistajat saivat kissansa takaisin. Myös kaikille kodittomille kissoille löytyi koti tai hoitopaikka. Musta pentukissa sai kodin poliisiasemalta. Siitä tuli kaupungin virallinen poliisikissa. Se sai oman virkamerkin ja palkkana oli parasta kissanruokaa ja paljon silityksiä ja rapsutuksia.

Neljästoista luku – Muutos

Kissojen vapautusoperaation jälkeen kaupungissa alkoi tapahtua monia muutoksia. Ensin oli tietysti monia yksityisiä juhlia (kuten Mossen vapautumisen kunniaksi järjestetyt pirskeet) ja monia kaupungin yhteisiä juhlia, joissa juhlittiin kissojen vapautumista ja kansalaisliikettä, joka yhdisti eri kaupunginosien asukkaat yhteisen asian alle.

Kansanliike päätti jatkaa toimintaansa nimellä Yhteinen kaupunkimme. Yhdistyksen puheenjohtajaksi valittiin Kirjailijatäti. Yhdistys päätti toimia jatkossa koko kaupungin hyväksi.

Ensimmäinen yhteinen projekti oli entisen autiotalon kunnostaminen ja remontoiminen koko kaupungin yhteiseksi toimintakeskukseksi. Talosta päätettiin tehdä niin valoisa ja värikäs ja iloinen, että mikään ei muistuttaisi sen synkästä lähimenneisyydestä. Nuoret, jotka vapautuivat pimeyden puuhista, osallistuivat nyt tämän toimintakeskuksen remontointiin.

Varjoisten kujien aluetta piti kehittää paljon. Sinne hankittiin katuvaloja, jotta sen kujilla olisi turvallisempaa kulkea.

Aloitettiin projekteja, joissa yksinäisille ja vaikeuksissa oleville ihmisille hankittiin ystäväpiiriä ja turvaverkkoa. Näitä yksinäisiä ja vaikeuksissa olevia löytyi niin Varjoisten kujien alueelta kuin Huvilakaupungin suurista, kalliisti lämmitettävistä taloista. Ehkä myös ostarin kerrostaloista ja jopa idyllisestä Puutarhakaupungistakin.

Tämän kissojen vapauttamisen sankareita olivat tavallaan kaikki kaupungin asukkaat. Viestikapula kulki koiralta kissalle ja kissalta ihmiselle. Varmaa on, että tästä

lähtien kaupungissa ollaan
valppaina. Valo on karkottanut
pimeyden.

Sulkeudun suosioonne ja vetäydyn
päivälevolle ja uneksin kenties
uusista seikkailuista!

Kunnioittavasti teidän

Etsiväkissa Esmeralda